# 火柴消失的房间

凯林 ◎ 著

中国广播影视出版社

图书在版编目（CIP）数据

火柴消失的房间 / 凯林著. -- 北京：中国广播影视出版社，2024.5
　　ISBN 978-7-5043-9216-9

Ⅰ.①火… Ⅱ.①凯… Ⅲ.①诗集－中国－当代 Ⅳ.①I227

中国国家版本馆CIP数据核字(2024)第066808号

## 火柴消失的房间
凯林　著

责任编辑　王　萱　彭　蕙
封面设计　树上微出版/陈慕颖
责任校对　马延郡

出版发行　中国广播影视出版社
电　　话　010-86093580　010-86093583
社　　址　北京市西城区真武庙二条9号
邮　　编　100045
网　　址　www.crtp.com.cn
电子邮箱　crtp8@sina.com

经　　销　全国各地新华书店
印　　刷　湖北金港彩印有限公司

开　　本　880毫米×1230毫米　　1/32
字　　数　67（千）字
印　　张　3.25
版　　次　2024年5月第1版　2024年5月第1次印刷

书　　号　ISBN 978-7-5043-9216-9
定　　价　68.00元

（版权所有　翻版必究·印装有误　负责调换）

# 序一

  凯林老弟有着高大的身材，飘逸的长发和温文尔雅的谈吐，第一天认识他时，我的第六感告诉我，他很有艺术天赋！当交往了一段时间后，我还是读不懂他，他可以一言不发，静坐半晌，也可以滔滔不绝地与你漫谈风月、谈电影、谈音乐、谈绘画、谈运动，好似上天下地、入海奔流，只要手中有杯，杯中有酒，就可以和你聊十个通宵。哈哈，直到今天他请我为他这部处女作品写序，让我读了一首首作品，我从字里行间感受到他丰富的感情，他的文字很有意境。就是这些意境终于让我看懂他了，我看到了他的往昔，看到了他的内心世界，他是一个很重情的人，他的文字中能让人感受到"情"字的分量很重！这个"情"字令他一直在怀缅过去，兜兜转转地怀念某人、某事、某地、某一刻，这部作品可以说是他的人生剖白！我要向老弟说一句，没有新故事的人，才会对旧故事念念不忘！希望你在这部作品面世后，能打开你的心扉，让你大胆迈出脚步，发挥你的艺术才能，走向事业的高峰！

陈勋奇执笔于京城

2023 年 9 月 13 日

# 序二

有的人长大之后会弄丢很多人最初的美好,你却在繁杂褪去之后一直葆有那一份真。

就像萨普神山上流下来的水,清冽、纯净,温柔又刚毅,愿阳光、白云在你前后,微笑在你左右!

凯林亲爱的小姨

2023 年 9 月 13 日夜

# 序三

  当我第一次读到凯林的诗时,就被他深邃而又真挚的文字所触动。他用独特的语言和形式,把我带入一个又一个场景之中,每一句诗都能够让我深深产生共鸣,直击心灵深处,迸发出心底积压已久却无法描绘的情感,仿佛自己就是这诗中之人,这就是我要表达的声音。

李静涛

2023 年 9 月 11 日

# 序四

　　痞帅的模样，玩世不恭的态度，跩跩地咬着香烟，疯狂地弹着吉他，一张诙谐幽默的脸，却写出了让人动容的诗歌，太不可思议了。没想到短短几年未见，每首都是回味无穷。哇，简直太酷了吧……

　　人生如诗，诗词如歌，谱写了一首首震撼人心灵深处的诗。好样的凯林，很荣幸成为你的首席观众，感谢你谱写出引发共鸣的力量与激情！

婴儿肥的张兰

2023 年 9 月 13 日

# 目录

| | |
|---|---|
| 绚丽千阳 | 001 |
| 故人的羞臊 | 002 |
| 今夜别让我流浪 | 003 |
| 万里以外 | 004 |
| 千里守约 | 006 |
| 饮掉一杯卑微的酒 | 007 |
| 过去的芙蓉 | 008 |
| 我是能被你许愿的镜子 | 009 |
| 苍蓝之北 | 010 |
| 不够 | 011 |
| 战蛹 | 012 |

| | |
|---|---|
| 新的海 | 013 |
| 改变是不期而至的回头 | 014 |
| 重燃一处篝火 | 015 |
| 风峡海湖 | 016 |
| 七障 | 017 |
| 原来我是彼岸 | 018 |
| 迷失山下 | 019 |
| 练琴的感悟 | 020 |
| 雾雨 | 021 |
| 相见无华 | 022 |
| 花夜 | 023 |

| | |
|---|---|
| 第二个性质 | 024 |
| 动物的魅力 | 025 |
| 落 | 026 |
| 三极山 | 027 |
| 何故心乡 | 028 |
| 出走永泰二十八号 | 030 |
| 施特劳斯加德住在紫玫瑰城堡 | 031 |
| 南方花园 | 032 |
| 海滩 | 033 |
| 临近迷端 | 034 |
| 退场 | 035 |
| 西郊无尘 | 036 |
| 霜花散落不尽华年 | 037 |
| 过期的糖 | 038 |
| 我无法成为的那个人 | 039 |
| 小的愿望 | 041 |
| 今日倒叙 | 042 |
| 死非皆无 | 043 |
| 恰似云霄 | 045 |
| 日出相见 | 046 |
| 等待中靠近 | 047 |
| 学习飞行的地方 | 048 |
| 也曾是个画家 | 049 |
| 元年的桦 | 050 |
| 五道门 | 051 |
| 第四十七号和弦 | 052 |
| 世界比我更寂寞 | 053 |
| 半生半醒 | 054 |
| 别让我知道你伤心 | 055 |
| 只有你知道的事 | 056 |
| 别雨 | 057 |
| 十二点的混响 | 058 |
| 我的墓谁人扫 | 059 |

| | | | |
|---|---|---|---|
| 下次见到你希望你笑得很美 | 060 | 抬棺人 | 078 |
| 可爱的发明家 | 061 | 别给爱找理由 | 079 |
| 没什么欲望等于借口 | 062 | 百花音乐会 | 080 |
| 尽管很冷 | 063 | 会哭的海 | 081 |
| 流浪的人不迷茫 | 064 | 送自己的礼物 | 082 |
| 跑在希望之前 | 065 | 一个小游戏 | 083 |
| 变本加厉 | 066 | 无恋赞歌 | 084 |
| 一个人的生日 | 067 | 夭折的挽歌 | 085 |
| 替谁流泪 | 068 | 不曾想 不曾念 | 086 |
| 有点麻烦 | 069 | 棱镜 | 087 |
| 庸人自梦 | 071 | 各缅 | 088 |
| 石像 | 072 | 失踪的名字 | 089 |
| 散散人群 | 073 | 送左手的书 | 090 |
| 富之秋 | 074 | 止步窗前的释然 | 091 |
| | | 镜中无人 | 092 |
| 断别 | 076 | 西南暮阳 | 093 |
| 标签 | 077 | 一次无聊的谈话 | 094 |

## 绚丽千阳

善良无邪的温柔
心爱的女孩把头发折到了耳后
老奶奶在椅子上笑得像个孩子

可爱的娃娃拉着你的衣袖
有个孩子大家爱他的又黑又丑

手还不想从朋友的肩膀上离开
我们没谈过一起变老
时间被我们抛在了身后

我们从不讲现在
也没想过谈以后
奶奶脸上的皱纹
爷爷说起了从前

我时常还会想起那个最美的女孩
请别让白发开始嫉妒她的模样

不顾一切的海誓山盟
结伴而行的纯真懵懂
我们忘不掉的美好
一定会把我们变回某某

绚丽光鲜不及与世同舟

## 故人的羞臊

离风别不去根生的草
树荫护不住情愫的牢
轻浮的市井奇怪变老
手指不再惯着拳头的坚强与暴躁
摊开无奈等待彩蝶那温柔的离骚

不再起身污染这晴空万丈
透红的脸颊
等待的羞臊
现在我是故人
你是期待的草

## 今夜别让我流浪

也许快乐只是编造出的借口
我也不会否定你寂寞的理由

周围朦胧的都是远离喧嚣的美

他人只望水中月你我皆是思乡人
就送时间慢慢走
把它送给那个不会再想起你的人

请快来感动我
那些永远的陌生人

白天我哗众取宠
此刻你们又散发同样的芬芳

以前的你不舍得结束今日的夜
现在的我害怕迎来明天的苟活

愿今夜你不用为了谁而难过
愿昨日的月亮能陪着你入梦
愿明天的星星能带着你幻想

我并不享受孤独但会偶尔爱上流浪

# 万里以外

镜中不变的永恒是苍老
回家离开无聊的情趣
相见了恨远

总是以借口离开
还留下了自己的孤单
心中不安的情愫
最重要也是放开

万里以外
没有你吻过的海
万里以外
模糊的总是精彩

与其忘我自然
也还是忘记释怀

留恋是现在或是未来
尽是一些莫名的感慨

万里以外
有没有你的女孩
万里以外
有没有人真的去爱
万里以外
结局并不总是精彩

告别现在的幻想
躺着自由的草坪
心已系万里以外

## 千里守约

彼此离得越远我们就越是彼此的远方
你每天都还能隐约看到我就站在街角
遥遥无期的花朵不知道什么时候绽放
不管做什么你都能幻想我就在你身旁

我从没强迫过你为我做过任何
可你每天都主动给我不一样的承诺
人生总会有某个约定是自己给自己的

年年月月季季茫茫
原来等待我的痛苦却对你如此重要
我很生气你是否真的还记得我的模样
我的手每天都被你幻想整理你的发梢

其实我的白发也经受思念的困扰
因为这个约定里我比你还要疯狂

## 饮掉一杯卑微的酒

善变的动物
乱发的狂风
愤怒的泪丝

等这天色渐渐变暗

我学着像你一样
卑微地笑
肆意地哭

我学着像你一样
开始接受了自己的模样
收起了活在梦里的渴望

这一杯思愁今日你还要独自饮去
我的酒杯不想为别人的生活倒满

# 过去的芙蓉

所谓自由的天空总喜欢说自己伟大
光明的雨才烫伤了毫无生机的大地

有些许青春让时光变得不再心软
有的人回不去家也不愿再去想念
有些事即便不去做也还是发生着

你爱的人都被美好骗走了
你又是否后悔没留下过你的真
一个秋天的回头是另一个秋天
一个回忆的释然是另一个悔过

并不是年轻的生命不美丽了
而是我们的心不再晶莹剔透

不要让过去等得太久
别再用时间去寻找谁

因为花儿只在爱中寻
随风也有忘却日
但愿新人还是稚嫩的春风
只要花能再生
你将永不失珍存

## 我是能被你许愿的镜子

了解我身体构造的时候
假装自己已经老了是个搞笑的话题
我还有很多失落没让世界知道
想活在一个没有虚实的结果里
不再追求五彩斑斓的生活

我曾有个梦会带你一起走
只有不切实际的忘乎所以
这世界不存在爱与不爱了

强求那么一丝堕落之欲
现在连饭都怕吃得太饱

搞不懂怎么人们都想穿城墙外的衣服
不明白戴完所有面具后我还差些什么
善良让我懂得了不尊不爱是割舍
逃避让我知晓了抗争的可怕
我不能理解环境孕育出的词语
这通常会使我感到悲伤
但有些美妙我不敢轻易去妥协

**火柴消失的房间**

## 苍蓝之北

这过程安静得让人有些害怕
有太多传闻的美一文都不值
此次幸好不会只我一人前往

最美的沙滩即是沙漠
最美的海洋便是湖泊
我从不认为有完美存在意义的风景
就像提前被形容过的人总让我失望

又是先路过一片黑色泥沼
周围一如既往的苦闷牢骚

直到天空第一次被地面照亮
眼前都是我从前的自以为是
这景象让人绝不会闭上双眼

如果地狱只是我的想象
那么天堂肯定不在天上

# 不够

星星才不会莫名其妙地看着你
也不是拥有世界就一定有花朵
春天也只是人们想要看到的样子
你只能抱怨你对季节的想象太多

物质够了还有什么不够
精神够了还有什么不够
完美主义和矫情有着非常明确的区别
事物不够好还是说事物还能更好
你总抱怨没更多人追捧你的时候
那么请放心想骂你的人一定足够

总之我是非常容易满足的人
你们什么都不够
我都足够

# 战蛹

你是只多嘴的鸟
我是只好战的蛹
躺在躯壳中就能够感受到外界的丰富多彩
得到升华之前我是连蚂蚁都敢欺负的虫子
现在全世界都在等待破蛹而出的我
这个过程真是非常漫长
终于等到时机的来到和无奈的抱怨
就从没人告诉我破蛹而出的是苍蝇
漂亮的蝴蝶和凶猛的蛾子都去哪了

也好也好
不挑不挑
谁让我曾经也是只好战的蛹
虽然现在长得确实丑得发亮
起码不必担心会被多嘴多舌的小鸟吃掉
我想问问为什么旁边的青蛙老对着我笑

# 新的海

时间和空间都被打乱了
是谁承认阳光不够炙热
试探也能灼裂你的脚底

古人很少记录海洋的美
我认为是饮料和拖鞋真正意义上征服了大海

一直都很讨厌浑浊带给我的快乐
不过就是很多水里加了较劲的盐

这些许并不算讽刺
我从没真正洗干净过一条鱼
也没见过谁养了高血压的鸟

真庆幸并不是所有文字都有错
我愿意守着家门的一片海
我也守住了这片海的秘密
有些温度应该还在
时间应该留下了它

## 改变是不期而至的回头

无处为家
何处有我
虚无有什么本质能谄媚事物的本身
我改变了对所有人的看法
却没改变别人对我的定义

何处有我
处处为家
人并不是绝对无法被改变
也许他们只是不能被我改变
我从没留意过是什么曾让我回头
不期而至的熟悉总能在我需要它的时候来临
好比某些痛苦不管哭或笑着总会过去
这种猜不透的帮助总能推着你向前走

## 重燃一处篝火

你总背着一个故事的躯壳
美丽的也只是在你眼里滑过
是否还是依然怕给承诺
早忘了上一次为了什么

我们虽然从未熟悉
一样简单纯粹地活着
喘息着放下
谁还不曾爱过

你的单纯有想家的味道
我猜你一直明白一些事
这次的主人公依然不是你

既然忘记了就不必再期待
你总是抓不回放出的温柔
别人看起来好像你又爱上了谁
实际我知道你可能什么也没想

飘着的才是你的梦
如果你真的需要有谁听懂了什么的话
我知道你和世界倾诉过了

# 风峡海湖

我用很多时间去过不同的地方
这也代表我从不纠结是否要出走
人总是得到以后就会想要更多
奢侈的时间总是花在了吝啬的地方
我还不能一直满足曾体会过的感受
但真的很难有新鲜的事让人向往了
我最终的归属也一定是追求一些小的完美
未知的知识只有体会过才价值连城
我不想做别人一文不值的未来
我拥有奢侈的过去
我书写畅快的自在

## 七障

有个孩子告诉我他渴望飞翔
于是我剪掉了所有人的翅膀
可我发现自由并不是简单地换件衣裳

无法再次飞翔的人凶恶地盯着我
因为那个孩子烧掉了所有人的翅膀
我送他的礼物也移植不到他的身上

这一切简直是荒唐
他依然没能实现自己的理想
却满足了有点不和谐的欲望
现在的他让所有人比他更孤独

痛改前非后我们修正了错误
现在我们开始制造可以飞翔的工具
与其夺走别人的权利
当个不被理解的人其实也好
我莫名成了这个孩子专属的剪刀
帮他剪掉所有的空虚而不再伤害世界分毫
注定长不出翅膀的人才配拥有奢侈的心脏

若不能快意人生
悠然体会是更好

## 原来我是彼岸

夜晚的光明下我们总在故事中散步
用孤独来麻痹只是给逃避找的借口

残破不全又不知该填满什么

似有似无
好像存在就是要去忘记

每次决定离开却想着要留下什么
既然孤独为何还要疯狂

世间本就该有很多的不懂
让人绝望的竟是希望本身

如果美好去做了谁的朋友
它给的伤害又会留下什么

爱恨本不分明
世事从来无常

我们用存在解释生命
我们拿活着放弃存在

一眼望去我们看到的并不是彼岸
而是一望无际的边缘
只有我们去赋予才会存在风景

## 迷失山下

方向就在门背后的地方
上面究竟有什么
名利财富或是遗臭流芳
下面又存在什么
只有对山顶无尽的幻想
还有终将会失落的坚强

饮茶人不问山外事
倒茶人避谈世人言
一直有人带着理想上山
却从没人带着成就下山
这是在门内老人倒的茶
现在更愿意饮酒赏月
谈起跟谁都无关的事

## 练琴的感悟

这是我自愿住进来的黑房
不得以闭上双眼寻心安放
鸟儿声声却无心恋仰阳光
黑暗中没有翅膀也要飞翔

白色的夜静待真正的黑
等啼鸣声过怒血炸成浪
忠心漠视表里不一的理想
注定逝者的明灯经念不忘
横生才知时间早已两茫茫
不会唾弃也不会选择死亡
享受着寂寞和肆意的癫狂

忠于避世的悠然与空间的扭曲
不贪红尘事沉浸在最初的摇篮

走出黑房子后的矜持
幼稚和苍老都带了一丝安详

# 雾雨

平行线有些尊重总会不期而至
有一些尘埃又开始从地面升起
有些违和的惊叹没什么对和错
很多东西长大后也就没那么害怕了
就像只有稚嫩才记着藏起来的花朵
手指划着空气好像能找回一些什么
脚底的触感又多了很多孤身的烙印
没人理解活在黑暗中那可笑的月亮
一丝凉风吹湿了脸庞
眼睛已经看不到前方
我曾记得她这样形容爱过我的感受
也许错过是因为我想变成你的眼睛
　当你在拥有我的时候
　我却失去了你的寻找

## 相见无华

前人留下的风雨
幻化苍白的回忆
听着真实的假故事
拉着最陌生的爱人
一起静待明天升起的太阳
可还是多了张后悔的情网
执迷不悟从来都是我们不甘的过往
可此时我想在没人的地方写下这些

我已经不再爱"这个世界"
因为"这个世界"里只有你

## 花夜

时临晚风避怯风霜
露水寒窗东门人往
席地芳壤净家从商
坐花抬手恭送情郎
闻主不在闭喉泪藏
花夜血书君亡别乡
香消玉殒公在何方

# 第二个性质

我看着世界的尽头
我念着爱的真理书
我曾天高地厚地无畏
我有天生不羁的心脏
我失去最伟大的人
我多了忘不掉的伤
我断了消不去的愁
我得到一世的风光

## 动物的魅力

最美丽的痛苦就是你忘不掉那个再也想不起你的人
有些事或许永远都不愿再提起

大多数人可能并不欢迎一个靓丽的开始
太过清醒就有了一直想糊涂下去的想法

很多时候美梦没有结局也许比噩梦还痛苦
成群结队或是独自前行都没什么结果
不管我站在哪里也一直幻想着对面的是谁

可能最悲伤的是明明什么都没做别人却懂了
搞不懂存在本身有什么可珍贵的
你莫名其妙地就变成了某种过去
永远活在悔恨当中
有时真的会忘记后悔抛弃过什么
人生的路上应该积攒够多的美丽

# 落

我不太能有欲望去金榜题名
并不是这些虚名没有用
而是我不想参加任何需要排队的考场
虽然从没真正接受过自己的天赋异禀
可我已经很久没通过知识得到满足了
真理也无法停止我幻想去拆了那堵墙
总能感觉到儿时的我刚刚从旁边走过
这是个注定不会下雨的暖冬
我靠着墙欣赏这沉闷的天气
着实想不明白时间到底记录了什么
我只是靠在墙上叹息着腐朽的发条
也许真的会有人感觉我在坚持什么
不管离开多久后我仍然想回到这里
我很好奇是谁又想靠近这空白的墙
没曾得出过结论所以欣赏别人思考

# 三极山

亦住楼台窗望月
似火明耀兰竹亭
安可随暮扫昨日
有无斑斓多快活

汇江河
驱缰马
忘尘世多彩
此时胜阑珊
独身几杯敬日月
不似狂人非肆也

# 何故心乡

美妙而可耻的岁月痕迹
拒绝着随波逐流的自己
紧张着一切不懂的事情
也看着随风飘荡的人们

不想要去承受的事情
假装确认这些很对
心乡里的所属和安放
放下思维创造出的刀

何必用情怀劝阻
可能已豁然开朗
纠结的不再是留恋
放下的不再叫尊严

普通的人幻想着那玩命的个性
才华横溢的人需要平凡和自我
怎么正确的位置
也没有人去选择

茫然又自在
冷漠而羞涩
身前的一瓢水
冷热不在
浑浊不然
苦涩一切生命的往来
路上的故事像个骗子
谁的出走不再是原因
把我绊倒的竟是前人
被我甩开的尽是过客
心中隐约清晰的画面

我还是只愿意藏起没人懂的美

# 出走永泰二十八号

若早知道童年长大后就是怀念
我不该忘记把纯真就留在那里

离开了这片土壤
才知道憧憬也许是个错误

我总是主动回忆过去给未来留下了什么

想要的生活一直也还没有得到
慢慢接受了一边顽固一边妥协

已经见过了太多陌生又不新鲜的事了
没想到会遇到那么多幻想不出来的人

真庆幸有的人比我想象得更好
我并不很怀念从前的蓬勃朝气

如果过去早就能看到现在的自己
谁又何尝不想说点什么呢
不管在什么样的年龄都无法向过去体面地告别

## 施特劳斯加德住在紫玫瑰城堡

锈红的门廊乌鸦们的惆怅
萨奇斯伯爵的老鼠亲吻他的脸庞
私人教堂没有信徒的诗歌
秃鹫拿着历史书站在管风琴身旁
巨大人影抱着奶酪站在城堡墙上
没人见过顶楼被囚禁的公主模样
月亮穿着裙子笑着洒下点点星光
管风琴对秃鹫说今天的婚礼很忙
善良的巫婆挥舞着抢来的仙女棒
城堡的倒影变成王冠新娘拿着翅膀
命运的蝴蝶拉着丝线享受引火焚烧
临摹的凡·高画像摆在新郎的座位上
蜘蛛不会擦眼泪挥舞手帕假装投降
这是正弹着钢琴喜欢哥特的少女想象
她和痛苦相伴因为这是她的私人城堡
这是她对美的幻想不会强加别人分毫

# 南方花园

家门前有棵没睡醒的树
树下有株站不起来的草
我从小生活在这里
不会说脏话也没有坏脾气

这里有很多没搬过家的邻居
他们每天拥有三个小时
有一天我熬了夜
我第一次用蒙眬的眼睛打量这里
同样的时间并没改变相同的事物
我一直认为自己很清醒所以有些事一直都没做过

现在我第一次尝试揉了揉眼睛
原来这里并没有树也没有花草
我看到的其实是还没长大的自己

## 海滩

音乐家如果同时出现在海滩上
这本是一幅不可能存在的景象
有些人的作品高尚得像飘在天上
慷慨的长者对我无私奉献着教导
罕有人每天都来记录这里的变化
深爱月亮的我和阳光礼貌问好
总有白天没做完的梦不愿睡着
海滩上总有人嬉笑玩闹
有个女孩一直对着海风也对爱情歌唱
驱使时代的浪花一直不敢承认
我们才是主角

我不想做记录故事的观众
海滩从未停止的假象

南方出生的叶子
血液里只有远航

## 临近迷端

有片叶子坚强地飘到了大海上
它听别人说所有叶子都应远航
不惧艰难险阻迎难而上
不受失败过的他人影响

其实同类的劝阻也只会得到它藐视的目光
多数叶子就连旁边的树下有什么都不知道
它却奇迹般地实现了所有的壮志理想
现在它可以慢慢欣赏这心中的彼岸

这里有很多棵看似熟悉的树
有更多的叶子做着一样的梦
它现在开始怀疑自己是否又飘回了故乡

难道真的是自己走错了方向
或是还要继续挑战一次梦想
我想告诉它方向其实是对的
不用浪费时间再去思考什么

周围其他的叶子高兴地给他指了指南方
别以为大家好心地指出了下个岛的方向
我不用等到未来就能享受它崩溃的模样
因为我飘过比它更远的地方
这片叶子来自南方

# 退场

默然站在喧嚣划破云外的地方
任何东西变得密密麻麻就都是一个样子
脚下不管是什么垃圾都得扔得够多再逃
有的人结束也是为了某些人的开场

谁的青春吃了亏
谁让爱情上了当
总有无数的失望要进场
不管阳光是多么漂亮
垃圾就是垃圾
该退场的退场
迟来的叛逆期
青春你好

## 西郊无尘

西面那时的山上还是不会排队的样子
我用着最安全的方法挑战这里的时间
有一个自然形成的舞台逐渐变成传闻
还未曾有什么谣言污染过这里
没有复杂的迷宫让你失去回忆
还存在着可以学习飞行的地方
有人留下过那些最孤独的纯真
这是你记不住也想不起的方向
南方的叶子和北方快过期的糖
早被解散的西郊现在更是美妙
遗憾的是我能做的事情还太少
至少很多人度过了难忘的时光
西郊献出了很多骄傲过的痴狂

## 霜花散落不尽华年

狰狞的老路面早就年久失修了
可能土壤才不会有什么保质期
把墙盖在地面上也属实不理解

没人能天天踩在这墙上自然地行走
也就杏子出墙后才有着水果的谩骂
老的记忆还在等待曾经的票友

沧桑的雪掩盖了舞台过去的华年
只等旧人来却忘了唱今天的歌谣

# 过期的糖

曚昽不醉的清晨
凭运气听证明时间的声音
以前抱怨第二天来得太晚
现在却想第二天尽量迟到

童年那个笑起来最美的女孩子
现在已是她自己想不出的模样
勇敢的梦想家如今变成了骗子
放弃自我的人不敢与过去相见
编造着那不可能被相信的故事

人们永远会记住最美味的那颗糖
我藏起最后一颗在记忆里过期
只有这样做才有资格被现实惊扰

## 我无法成为的那个人

我给你的伤害是太过于包容自己

今天可能就是你要的阳光了
可是你走得太快
现在对我世间依然不够灿烂

既然这样不去想那么多
反正明天依然会有平凡的痛苦在等我

为了听这首挽歌你付出了生命

你曾照亮我的人生
也可能是我羡慕的尽头

原来真的睡着了是那么可怕
你应该知道最冷的是什么了
如果你走得慢一点你的葬礼又何尝没人记得

那天我拭去了一个孩子的眼泪
说着早晚一切会过去
这是大家都不愿意揭穿的谎言

夜晚的那个人可能是我也可能是谁
这些还有必要去懂吗

**火柴消失的房间**

为何失去你以后我偶尔会想变成你
又为何失去了我以后你永远地睡去

其实昨日的孤单你不需独享独醉
有些问题我怎么也搞不懂
世界的中心又何尝没选择过我

过往或许只是瞬间但人生又岂缺阴晴之人
不是我们慢了而是你追得太快
每一次温度的消失都是我万丈冰冷的坚持
只是一个有家的流浪人抱怨着没家的可能
温度的极限就是珍重一切不再愿回忆的往昔
我只是晚说了一句
这首挽歌不值得

# 小的愿望

我只是简单地去赞美而不必提前想好词语
此刻恰好处在舒适的地方
外界没有一丝带有压力的信息

不用害怕忘记
也不用害怕忘记的是什么
胸口只会随着呼吸而起伏
就这样慵懒地看着别处
连风都成了不期的朋友
脑子里都是美好的事物

希望一切都是自然的
不再为了短暂的快乐去付出天大的代价
就让我慢慢地沉下去
不管这些是多么遥远

如若这一切注定会瞬间消失
我想那一刻稍晚来到
因为这次的愿望很小

# 今日倒叙

久别重逢这满脸的奢华
老人与孩子叙旧是那么滑稽
每个季节都有该结出的果实
我不是属于任何人的天气
不必预测我明天想做什么

我并不是打湿过你的雨
也不是带你漂流过的河
如果你某天想故意闯进我的生活
别埋怨躲在我的故事里却不快乐
回头看看其实也很容易
但别让生命再扛起什么

## 死非皆无

坦坦又似一人
回头也是苟且的回忆
已死的心是悠然自得
可爱的还有谁懂

老在撒谎那些没用的梦
和我搭起穿不起衣服的空
感叹已经可以放下那些猫狗需求
她买了一只耳环却总找不到丢在哪里
莫名地还想看见你不会擦口红的样子

似是而非
谈你我何为
走过来却跑不赢过去的不懂

我们恨了爱了也曾叹过
又还是被合理地利用着

**火柴消失的房间**

虽年少反叹江湖
不曾在乎过心脏的跳动

但在高级动物懂得审视的那一刻
我们也早忘记了疾病缠身的自我

死皆非无
存在的意义便是存在

## 恰似云霄

此刻我是你遮风的稻草
身后给了我存在的意义
狂风肆虐着我的身躯
雷雨沉淀着凄凉苦寂
以为是一样的草芥搭起的避风港
我们从不允许平凡向身后开一枪
因为我是棵草没有能去别处的脚
直到我转过身看到你的遍体鳞伤

我盲目地以为我总在为你遮挡风雨
而你只是不知道我是不能开花的草
我用我的渺小换取了最美丽的误会
就连我的敌人也一样浸湿我的躯体
其实我就是最平凡的那个
我很幸福地拥有这个误会
因为有些伤我愿意笑着接受

## 日出相见

如果有一天你决定潇洒地走
我不用听你说着过去的风华
晚上我望着星星拼凑出的狰狞
微小的璀璨总是短暂得很夺目

现在应该没人再逃避自己的影子了
身处浩瀚宇宙的人们却被这些微光吸引
我的眼睛总忘记看向别处
我在想如果我和星星调换位置我能看到什么
这就像没人会刻意去想自己会不会呼吸一样
我记得早餐吃过什么却忘了有个人还在等我

等太阳升起的时候我又得面对我的影子
回头看看也确实如此
真的讨厌阳光的话就让我守护你
毕竟有些缘分就是这么注定
只要我还活着阳光就照不到你
虽然你是我的另一面也是我抛不开的过去

## 等待中靠近

你独自前行什么也看不到
某个陌生人让你不堪重负
一直听说有个人总爱干傻事
我知道那个发过誓后却害羞的人是谁

你很犹豫自己是否有资格表达什么
这一直是聪明人常犯的错误
有时真的应该好好看看这里
你有多久没照过镜子了
其实所有人都很难记住自己的样子
偶尔触碰自己也并没什么
其实你唯独拒绝了你最想接近的人
为什么还认为等待的或许值得
好在我们都一样聪明
谁也不愿意靠近谁

## 学习飞行的地方

被三次抛弃后的沉默原因
在所有能反光的位置观察着新的自己
这里看来像某人最初的梦
第一次害怕没人批评我又弄脏新衣裳
不适合用鸟语花香形容这新奇的绿园
有双巨大的眼睛看着谁活在这幢沙堡
如果我有点想看到什么了
那一定是起床后揉过眼睛的清早

请不要消失
请不要改变
我不确定自己能否永远爱在这里
曾让我渴望飞翔的地方

## 也曾是个画家

我画不出儿时的伤痕
谁也不能体会我的无助
我可能画不出自己最爱的风景

我能感受到所有技能的主动退化
情感的遗失和更替让这些褪去了该有的颜色
空虚每次都要去替代点什么
难道照个镜子也会忘记自己并不在那里
我现在还是无法再次画出孩子们的未来
我也正在逃避变成新生儿的模板

别妄想活得像画一样
我不能越来越像你的照片
大脑不只有回忆还有思考
人都得独自变成光芒

# 元年的榫

过早处于巅峰的记忆
没原因地就有了失落和怀念

那个背影在想什么
我不敢猜测他是否曾属于这里
日复一日为了一个概念

每当想关灯的时候才发现未曾点燃
原来大家只是想听更多的故事罢了
老古董又怎么会真的没有价值
并不是所有的好故事都想被再一次呈现
但听到声音后肯定是哪里又发生了什么
我或许还会短暂地替别人思考

# 五道门

很多人都会好奇别人发呆的时候在想些什么
仔细想想问点什么一直比想说什么容易得多
我发呆的时候可能真的什么都没想
如果看着什么都不想的人发呆又算是什么
有些不想承认的可能是真的找不到原因
我又不总是为了原因和借口而活
推开的门上偶尔什么也不会写
这一切往往很难明白如何证实
但我每次都知道自己同时能打开几扇门
这也许是个不成立的数学游戏
我总是在同一个位置打开过不一样的门
但我不敢在不同的地方只推开同一扇门
不管自己曾走进过哪里
等回来的时候我希望还是同样的方向
我们总是没意识到门的外面也是里面

# 第四十七号和弦

拼凑碎片之前是谁故意打碎了它
不禁地反问把一切都变得很麻烦

有的知识没被润色之前其实很容易

兴奋感会加大对复杂事物的理解
痛苦会使人越来越复杂
没有人可以永远正确
只因从不考虑放弃才跳进了奋不顾身的梦里
保持热泪盈眶的真诚
我们都是爱做梦的傻瓜
有些事情早晚会忘记如何实现
但最难忘的声音总能记住我走过的地方

# 世界比我更寂寞

谁被困在了昨天
抛开混乱的一切
杂乱无章的生活
有没有你的无奈
还是在相信未来
世界比我更寂寞
一个人总要离开

真的太难感觉空白
就让我带着你走开

付出爱过的情感
假装难过的热烈
怨谁不懂得自己
谁还不曾轻蔑过

觉得自己很有自信地盲目批评世界
可是同样该有的总带来伤害
呼唤那微弱的光照
起码有些事谁都懂

有些过分的人从不会真正快乐

# 半生半醒

我不信有人能记住妈妈乳汁的味道
能形容它伟大的人也许是真找不出更好的词了

很多结果都在等待我们眼中的余温
又何尝真的有人喜欢独自空虚地等待
有被认可的怪诞也就存在幻想的世界

在一些美好刹那消失的那刻
无奈的时光也不怠地有了思考
哪怕梦是那么隐约也会义无反顾地醒着

有很多事还在等待我去学习该如何表达
随着时间慢慢讨厌了流逝
投降主义才是对它的敬意
我究竟是否还活着
还是我想醒着做下一个梦

## 别让我知道你伤心

这么美的你还要去挑剔这个世界吗
最美的事情应该就是世界遇到了你

我试过要给你我的所有
你却只是被讨了个欢心
相信我
我吝啬是真没什么能给你

不管你还是否任性
别让我在回忆里知道你伤心

没有人真正想去伤害谁
所以请不要害怕什么
变成你的观众让我越来越安静
还没停下的故事终会有个结局
有一种哭泣叫怀念

我无法选择需要想起谁和不要忘记谁
但你的眼泪一直是我的珍宝

## 只有你知道的事

只有本能会追求有始有终
谁都不喜欢有原因的阴谋
终局不是某个故事的结束
我可能真的想不起来那个无法忘记我的人
人虽然无法记住弄丢过什么
但我们都知道自己走了多久
所以大家都记得拥有过什么
没能留下的脚印也不妨回头
蒲公英的命运不是被毫无意义地吹走
你一定又把秘密藏在了容易找到的地方

如果我想一直假装找不到你
这也一定是你才知道的事情

# 别雨

一切都是不知从哪飘来的雨
也是又要循环播放的雨中曲

有人在寻找着自己的孩子
有人失去了等不到的恋人

而我除了自己什么都搞丢了

不小心察觉到自己的无精打采
意识到也真没在乎过别的地方

雨停得是那么没有道理
我明白失去本身远比我自己更重要
经历了洗涤也只是换了件新皮囊
也冲刷走了本来可以找回的渴望

下次请只是让我把所有都忘掉就好
因为没人愿想起好不了的伤

如果明天我还认识自己
请帮我许个愿让世界忘记我
我只想欣赏独自留下的过往

# 十二点的混响

能控制下一秒的工具都非常难以研究
为美而存在的总缺少懂得操作的思想
有些东西总是招来误会

总有一些只有专业人士才懂的事情
我没自信接触过内容后还沾沾自喜
宇宙中人类的知识只是皮毛

十二点的混响不管谁用效果都不怎么好
无言的乐章真没什么必要被欺负或原谅
很多事物本身就服务于我们简单的欣赏

# 我的墓谁人扫

被遗忘的是人还是生命
或许有的人都还能记得
真不想接受被刻在石头上的未来
这种没用的焦虑也终将会被遗忘

有些人在最后那一刻都没说出自己想要什么
不知道该不该和别人一样相信这些
我不喜欢哭泣变成了仪式
埋下去后也许就不会疼了

我试着接受自己也终将被遗忘
只有我才不会忘记的友人走了
若我也年老终去的时候
你们的墓让我的后人来扫
我不会在谎言上刻下生平和过往
你们的石头现在是我定期发呆的私有地方
我愿站在挚爱的墓前聊起不变的心脏

## 下次见到你希望你笑得很美

有很多故事都值得被想不出的赞美眷顾

人生有时或许无奈
在我有能力肆无忌惮爱别人的时候
却忘了自己从没真正像一个孩子

有很多随便能见到的人已经消失在过去
有很多原因能让我想起他们
有很多理由让我想忘记你们

我总抱怨自己一直在等待着谁
你们也是很傻地留恋不会再出现的我

若真的有一天我们又在人群中走过
不管我曾是你的什么
希望下次见到你的时候你笑得很美
你的笑容早该有个新的归宿
没来得及在拥抱中说再见
等那阵过去的风再次吹向我的时候
你一定也在开心地回忆着谁的面容

## 可爱的发明家

医者并不是不能自医
他们只接受相信自己有病的人
我从来都认为自己早已病入膏肓
我想找个病人来抑制我不知是否存在的病
要知道有些东西只能骗外人

这源于我的惬意
还有隐隐作痛的伤
毕竟最阴暗的恨都是天真的产物
真渴望有人能创造一个并不太模糊的发明
这样我就不用考虑白天和太阳有什么分别
我无法一直维系那个天真的我
无法破坏什么也无法创造乐园

儿时总有些最简单的想法
不管多么容易实现也都不再向往了
其实最可爱的发明家就是那个时候的人们
我很难代替别人去说点什么
现在我把一些梦想分给还不会说话的婴儿
能用冰激凌解决的问题才是应该在乎的

## 没什么欲望等于借口

今天又是饿了还要给饿了找借口
我只想吃一口能让我欣然的饭菜

我有很多个今天都在骂着昨天
太难形容一支队伍存在的价值
我换一件衣服的原因为何会有这么多人指责
我给一个孤儿洗好了衣裳竟得到万般的唾骂

在规矩和决定之间徘徊的思维
这到底是个工作还是什么
我只是看到了事实
有很多扭曲别人模样的人把搬运信息当作生计
也确实存在太多的身份无法被识别
我不懂谁会把编造他人的错误当成自己的工作
我不想把借口给仅仅因为有欲望就伤害我的人
人们学习美好的技能应该是渴望进步的方式

# 尽管很冷

尽管很冷
未来一定会出现让你分享自己温度的人
尽管很冷
有一天你可以不必目送别人的冰冷躯壳

其实冰冷也是一种温度
我发现了一个只需要你的地方
只有你能证明这里存在的价值
我讨厌别人用了过多的热情融化你
因为冰冷融化的尽头便是你的死亡

这里只因你而存在
你也只能活在这里

你一早就知道这个地方
只是偶尔我不在那里罢了

## 流浪的人不迷茫

重新需要一场没理由的出走
别担心有些风景没资格拥有
方向和指引其实都不太重要
没什么是一定要准备的行囊
谁还不是在人生流浪的样子
或许重要的是心中的一盏灯

别去打扰常态的固执
不能改变就放任自由
绑架一朵别处的云朵
想想明天早起的太阳
夜晚与星星开开玩笑

## 跑在希望之前

一旦麻木就很容易恐惧
要是再被夸奖一次该有多彷徨
最成功的失败真的一文不值吗

如果你不想每天都要提前准备什么的话
请在未来给你选择之前选择未来
在希望来临之际睁开双眼

或许思考需要什么的时候也就等于选择了等待
成功和失败通常会一起并存可不会同时发生

如果慈悲没保护别人又委屈了自己
这种做法究竟是为了谁去还债

# 变本加厉

再找找吧
即便忘了
起码你还记得弄丢了什么
把你的青春留给你爱的人
给未来一个无所畏惧的借口

我一直想不起我忘记了什么
也从没人愿意直接给我答案
我甚至怀疑是否还需要记得

人们总说在最熟悉的地方一定能想起什么
我不明白为什么我回到家还是感到很陌生
可能是我失忆了吧
我记住的也许只是门牌号
但我真的想不起哪里才是我的家

## 一个人的生日

独自打扮出沾沾自喜的容光
看看脚趾的朝向是否异常
踮着脚尖跟未来的此刻比比模样
点根蜡烛祭奠从容的时光

独自回到童年的树下
它已长成纳凉的地方

听听树叶的声音
尝尝泥土的味道
叹叹以往的生辰
吃着甘苦的甜糕
曾陪我饮酒畅言的朋友
如今埋在了自己的故乡

# 替谁流泪

曾经褒贬不一的朋友
善良到会可怜世界没有尽头
每天只能看到些没笑脸的人
承受着看似应该承受的痛苦

不知道我这么想对不对
见到苦难的人我总会比他们更伤心
好像每天的工作就是怜悯这个世界

其实谁都不缺听着过瘾的豪语壮言
是不是只要我足够惨就不用再可怜谁了
某一天也许也会有人替我把泪流干
毕竟越陌生的眼泪越值钱
我是个富有的人

# 有点麻烦

不愿接受对自我欺骗而妥协
我接受对自己妥协态度的取舍
算计好的人生不值得被实现
有结果的困扰没有太多法则
总有些小麻烦必须有人担着

五岁那年我打碎了一只没有嫌疑人的花瓶
我只是不想听别人的争吵所以承担了错误
二十年后我才明白这只花瓶的价值
有很多我记不住的人打扰了我
它的主人竟是和我年龄相仿的姑娘
我不知道她经历过怎样的二十年才能在乎这些事
说实话我并不在意当时是谁打碎了花瓶

不会有人真用这种方法寻找没尝过的缘分吧
当年那个不敢承认自己错误的人你究竟在哪
如果还想承认错误的话你起码得到的比我多
虽然那个花瓶不是我打碎的但我也没办法证明是
谁偷走了它
因为我是它的第一个主人

我唯一不懂为什么女孩要找到是谁弄坏了她父亲
送她的礼物
在我眼里我只是被偷了一件没什么大不了的东西
所以千万别让我看到它修补过的样子
毕竟编造故事的人不是我
我从没说过我造出来的瓶子是古董
这让我很苦恼要去成就谁的故事

# 庸人自梦

人真是不管什么时候都不能停止想象

看见一条河就想跨过一座山
离开了大海又想征服这时代的汪洋
我最疑问的是沉迷于幻想叫不叫懒惰
而勤奋的务实算不算对梦想的不尊重
好像只在梦里才能美得那么没有初衷

独自欣赏最重要的不是瞻仰
情最恼人的不是谁感受了谁
如果你追求假装不需要观众的个性
那么美丽的孤独你就不值得去拥有

# 石像

整个世界都让我和正确的人在一起
等结束了才醒悟有些人离我竟如此遥远
我为什么要强求一些不可证明的法则呢

愤怒是不分年龄的
我不想成为失败者也不想与市井小人为谋
若我嘲笑你犯了和我一样的错
恭喜你
我们的错都一样

优秀的草芥不会改变大地的模样

换双舒服的鞋
站在哪都是家乡

## 散散人群

我是宇宙中客观存在的个体

你们并不是想要嘲笑我的理想
而是蔑视我拥有反对的勇气
我并没想当那个笑话
别欣赏我的不自量力

人群中走过什么也没想留下
以前我逆流而上想知道时代在朝哪奔跑
现在站在原地感受着人群变得更加汹涌

我以为他们正在散去
后面就是群潮的原点
可我莫名其妙就变成了逃避的那个
谁能猜到只是孤身一人就注定不被接受

我并不想承认真理只掌控在少数人手里
这也不一定是正确的
逃避时代的是那些没有尊严的投机者

# 富之秋

一盏孤风吹柳灯
自残心痴烛烧六月
世人多少独叹鸿志

背对雷雨惊涛

谁心不曾春休秋眠
只有轻叶抚身

也曾残花扭枝登楼月
尽饮人情风霜

一贫如洗

不计过往情
难活一身衣
不怨不憎

劫难过
情难求
归来事苟存于彼间
一思一痛难存过往事
身心先老又耳听无实

穷富虽无非
何故身随受
再嗔事已过云烟
嬉笑而止

# 断别

我一直都会陪着想要哭泣的你
因为也只有你会对我天真地笑

我的挚友总能给我一个不需要明天的此刻
我的敌人却想给我一个没有明天的生活

人生这张纸上最后留下的全是逝者的名字
我只想站得稳一点别掉下去得太早
我不一定有许多置腹亲朋
但别送我一群拥挤的敌人

# 标签

没有绝对的主观
也不存在绝对的客观
有时也会见到和我一样名字的人
不同的思考对标签有着极大差异的解释
内容的重要性可能远没有纸张更重要
我总不能去抱怨每个时期必然存在的根本

我永远尊重没得到好的标签却颇有思想的人
名字只是一个方便去识别的东西
不管你叫什么我们总有一天会辨识你我
这是所有人生来就具备的权利
我们都得记住首先我们是什么
持续留恋内心的美好把痛苦留在它该在的地方

# 抬棺人

不完善的人生
也是无法弥补的人生

甚感惭愧一生都没什么好觉悟
让我栗然惊醒的是又有些什么消失了
生命证明了失去才会懂得珍惜

这代价太大了
我曾看过一张真正没有表情的脸
也曾闭着双眼目送过委屈的少年
不要用命运去诠释一个人的逝去

我再也不想为了谁穿上那件不好看的衣服
不要劝别人把每一天都当作最后一刻去活
我们真的没必要拿死亡开玩笑

# 别给爱找理由

越是漂亮就越怕嫌弃别人的丑
我很怕你有意识地爱上了平凡

身披霓虹的都是陌生人
它并不是想让你往里走
而是不能放过上一个人

如果你贪恋青春
我定会独自变老
如果你需要爱情
我总能义不容辞
但别给爱找借口

# 百花音乐会

群芳静待褪去举世闻名的霜
猛兽嗅着即将来袭的味道
石像正慢慢脱掉它的躯壳
身旁是早已疲惫不堪的目光

这已经是多少次面对着一样的陌生人
我用余光盯着没人敢提前站在的地方
偶尔也会闭上眼睛藐视着看不到的人
相同的时间不同的地方
只等那警惕的味道来临时
我们的任务只有百花齐放
总有天我会独享这花香

# 会哭的海

眼睛是多么美好的一种存在
熟悉的感受让人忘记了他另外的名字

每当这个时刻我总是说着同样的玩笑
人类终于证明了进化的意义
两个人相爱的价值多少都能被纪念
不管是婚礼或是没人见过的约定
你还从没承认过自己的多愁善感
这方面一直有人比你更诚实

想想真的很滑稽
最严肃的那个原来最幼稚
万一我也被感动怎么办
从此以后你的名字里不只有海
你以后会得到很多被责任赋予的新名字
我现在明白自己的祝福确实没经过思考
会哭的海看一次就够了

## 送自己的礼物

没必要去换取任何的华而不实
这可能是大多数人劝你的语言
最朴素的镜子也能照出财富的模样

请仔细想想你真能记住自己的样子吗
我们知道自己穿了什么样的衣服
我们品尝过很多一样的味道

不要把镜子做得金碧辉煌却用来看更好的自己
最伟大的醒悟是你终于可以看清自己的样子
不要吝啬送自己一个礼物
有时真该多观察一下这里
因为你笑的时候镜中人会陪着你笑
你哭的时候镜中人何尝不需要你的拥抱

# 一个小游戏

有些人因为快乐玩着那无聊的游戏
可我只看到了大家的灰头土脸
不知道游戏本身很重要还是胜负更重要
我觉得和小孩子玩蚂蚁一样没什么区别
没人能意识到自己什么时候活在游戏里

我是个不太高明的玩家
在我眼里游戏等同于控制别人的欲望
如果有了个并不值钱的爱好
那么我一直知道我要怎么做

## 无恋赞歌

接触过延长时间的热爱
不能轻松定义价值的高低
速度的提供加快了片面的呈现
醒来所承受的遗忘比想沉睡更沉重
能变成习惯的赞美见证了我的无知

世上存在很多不能对完美负责的人
有很多言语不知该等到什么时候说
害怕不清楚对方是谁该怎么办
世界也仅仅留下了你我他
如果你喜欢上了陌生人又有什么不好
就像随便唱了首熟悉却想不起来的歌

# 夭折的挽歌

日不能思
夜不能笑

尽头的是我
无知便赏愁
失言该骂谁

有高处不胜寒的态度
就别羡慕别人的辉煌

斟酌一下现实
别把自己的脸踩得太过分
你只是一样少了一天放肆

台上人别唱他人珍贵的故事
曲中人不必在台下独诵歌谣

# 不曾想　不曾念

我又来到了这个被红尘遗忘的地方
永远不会让人失望的恋人被埋葬在这里
一个最幼稚的人被你们嬉笑成了兄长
拿着那束花的姑娘证明了花真正的美

我没羡慕过天赐的良缘和弱小的爱

我并不热衷于太多片面的形容词
因为单凭说话并不能保护所有人

没有任何意外值得发生
到底什么是命运和缘分

我少了几句要悼念谁的工作
待我不再是你们能记住的样子
我只是比别人多了不同的选项

# 棱镜

生活就像一束早熟的烟花
谁也猜不透迟来的聚集会透过什么样的光
精彩的前夕一定是不知会发生多久的沉默

如果说我们都是不一样的颜色
透过棱镜就像是在看无法把控的生活
很多人排着队接受这一切
我无法逃避进入后的结果
所以有些事我绝不会改变
因为我有足够的自信独立拥有自己的颜色

# 各缅

人间阴晴多圆缺
只恨是人情冷暖
也只有你曾来过

孤独的悲喜交加
也一直有你看我

不是什么难得风景
但是否她也还等着

那些早已拒绝的问题
最后永远看着你一个

我努力洒脱可能的一切
知道你日子也得过且过

抛开一切相爱的指责
相痛让一切都没了规则
口口相争何必难舍难得

# 失踪的名字

庆幸躲避过一定要去接受的事
清醒接受过猜不透结果的行为
寻找是一种会忘记疲劳的麻烦
不要等变成习惯后忘记了初衷
有一半留下的画面或者是什么

明天对今天就像看一个透明的人
今天看昨日好似吃饱了但不明白吃过什么
有的人还记得叫什么名字却不知道她是谁
有些人想不起来叫什么但一辈子都忘不掉

# 送左手的书

感同身受是真实存在的伪命题

我赋予你肉体的机能都是千锤百炼的孤独
这种享受从来都是纯粹的荣耀
你一定也不能接受别人盲目的鼓励
所有类似的都不足以比得上我们之间的惬意
现在左撇子的我要习惯用右手写书

可笑的是我从没让左手接触过音乐以外的事
我用来抚摸阳光和梦想的双手依然温暖如初
只有自己的小世界才让人那么着迷
我能接受其他人建议我去做点什么
但我并不会去做
因为这个故事里不存在别人

## 止步窗前的释然

不知道谁又在笑什么
可能是我很少保护那些被偷走的美好
这给我带来了太多无休止的被动试探
所有证据都指向我的哑口无言

专注点并没有让同类得到安心和释然
可能什么也不想强求才是最好的选择
同样发生的结果是大家只能暂时拥有

请别让我觉得人生都是借来的
我只身一人走在自己的故事里
这个过程请让我自由一点

# 镜中无人

看着自己一天一天长大
几乎所有的阶段都记不住它的全部

从前哪怕一个人摔倒了都会笑着站起来
现在抱怨身上的伤痕是否太多了一点

同样无所谓的是我依然什么也不想改变
但又感觉总有些事情变化得好像太快了

小时候总喜欢对着镜子思考想要变成谁
可我现在已经很久没想过这个问题了
因为我只是我自己

# 西南暮阳

随一阵风而飘
随一场雨而落
随一滴水而生
随一个梦而唱

犹豫不决是对时间最大的不尊重
不甘的过往是未来回忆中的遗憾

## 一次无聊的谈话

你搞不懂怎么会莫名其妙地被夸奖
你甚至都不知道陌生人的优秀跟你的失败有什么关系

一言不发的人不一定都是君子
别人口中的美好也可能平庸而无味

有可能痛苦只能是私人财产
但分享出的美好才是最大的财富
你的快乐就从不对我吝啬
总感觉你喜欢通过我验证些你自己的感受

不要认为我是个很好的聆听者
我只是沉默地做我自己